KB193264

_____ 님께

언제나 당신을 응원합니다.

다 잘될 거예요 210 X 297mm

김
지
연

당신에게 드리는 좋은 기운

다 잘될 거예요

빛나는 당신에게 210 X 297mm

다 잘될 거예요

글 · 그림 김지연

생각의빛

프롤로그

마음의 풍경을 그립니다

행복은 어디에서 올까요?

바로 마음에서 옵니다.

제가 그리고자 하는 것은 마음의 풍경입니다.

보이지는 것보다 보이지 않는 것에 주목했습니다.

보이는 것을 그리는 것은 쉽지만, 눈에 보이지 않는 것을 그리기 위해서 인간의 내면과 깊은 의식에 관한 고찰이 필요합니다.

정신의 풍요로움을 묘사하기 위해 그림 속에서 인간의 무의식을 그려내고자 하였습니다. 누구에게나 마음 속에는 '어둠'이라는 게 있을 수 있습니다. 행복과 고뇌, 욕망과 순수함, 고통과 즐거움 등 수많은 감정이 공존하고 있습니다. 평소 조용히 숨겨져서 있다가 어느 날 불쑥 튀어나오기도 하는 수많은 '나'를 이끌어내고자 하였습니다.

　　저는 마음의 밝음과 어둠에 주목했습니다. 그림 속에서 마음 속의 어둠을 통제하는 힘을 그리고 있습니다. 어떤 자극에도 흔들리지 않는 통제된 어둠은 또 하나의 아름다움이 될 수 있습니다.

　　어둠이 있어 빛은 더욱 밝게 빛납니다. 행복 역시도 스스로를 제어하고 통제하는 힘에서 비롯됩니다.

　　저의 예술세계가 추구하는 바는 바로 '정돈된 마음' 입니다. 하나하나 빛나게 존재하지만 철저히 통제된 감정을 통해 마음의 풍경을 그리고 있습니다. 인물 속에서 감추고 있는 깊은 내면을 담아내고자 했습니다.

　연필을 들고 멍 때리며 소묘하는 것을 좋아합니다. 형태를 그리면서 모든 것에는 자기 자리가 있다고 느낍니다. 그리고 양감을 표현하면서 대상의 밝음과 어둠을 찾고 수많은 중간톤의 세계에서 마음의 자정 작용을 경험하고 있습니다.

　그림을 그리면서 큰 고민에 빠졌어요. 고민이 커져서 고뇌가 되더군요. 눈에 보이는 것을 그릴 것인가, 보이지 않는 것을 그릴 것인가에 관해서 오래 고민해왔습니다. 그림을 그리면서 가장 중요한 것은 역시나 정신의 자유로움이었어요. 진정 정신을 자유롭게 하는 방법은 바로 보이지 않는 것, 마음의 풍경을 그리는 것이었습니다. 언제나 진실은 인간의 무의식 속에 있다고 생각하니까요.

　마음의 풍경을 그린다고 생각하니, 그려보고 싶고 그리는 것이 즐거웠습니다.

그림이 어렵다고 느끼실 수도 있어요. 그림을 그리면서 그림에 대한 이야기를 담아보았어요. 그림을 보시는데 더욱 도움이 되셨으면 합니다.

저는 글을 쓰는 작가이며 그림을 그리는 화가입니다.

아마도 저는 죽을 때까지 글을 쓰고 그림을 그릴 것입니다. 계속해서 작품 활동을 이어나갈 것입니다.

화가로서 아트콜렉터 분들께 드리는 말씀을 한 마디로 압축하면 이렇습니다.

"저는 끝까지 그립니다."

제 생애 첫번째 개인전은 오프라인 갤러리에서 진행하였습니다. 그리고 이번이 두번째 개인전입니다. 이번 전시는 색다르게 하기로 했습니다. 기존 전시 방법으로는 여러 가지 한계가 있다고 생각했습니다. 그래서 그림 전시는 책으로 하고, 그림 구입은 온라인 갤러리에서 구매

하실 수 있도록 하였습니다.

　오프라인 갤러리에서 전시하면 아무래도 지역적 한계, 기간의 한계로 인해 많은 사람들이 볼 수가 없더군요. 책을 통해서 그림을 전시하면 보다 장소와 전시 기간에 구애받지 않고 많은 분들이 책을 통해 그림을 보실 수 있을 것으로 예상합니다. 또한 책 자체가 도록의 역할을 해서 이후 향후 아트테크를 하실 경우에도 유리할 것으로 여겨집니다.

　그림을 통해 자신을 들여다보고 깊은 내면 속에서 더욱더 인생의 새로운 의미를 찾는 시간이 되시길 바랍니다.

　온라인 갤러리

　http://smartstore.naver.com/dargurumi
　http://blog.naver.com/evernon

Contents

내 마음의 꽃 210 X 297mm

내 마음의 꽃

내 마음에 꽃이 피었어요.
코끝으로 전해져오는 향기
상쾌함을 전해주는 싱그러움
내가 굳이 보여주지 않아도
나를 사랑하는 사람들 눈에는
이 꽃이 보여요.
물을 주지 않아도 지지 않고
언제나처럼 피어 있어요.

당신에게 준 내 마음 210 X 297mm

모든 것을 가진 것 같아요

많은 사람들의 등돌린 모습을 보았지만

내 마음 속에 꽃이 있어서

나는 나보다 약한 사람에게 등돌리지 않아요

원래 사랑은 나보다 약한 사람에게 오기 쉬운 거예요.

마음 속의 꽃은 잠깐 피었다 지는 꽃이 아니에요.

마음이란 나누어줄 수록

부자가 되는 건가봐요.

이런 사람이 되고 싶다

예전에는 눈 앞에 놓인 성공이나 목표를 중요하게 생각했어요. 그게 우선 순위를 두고 당장 해야 할 것이라고 생각했었죠. 그러다 보니 사람을 등한시하기도 했었어요. 내가 급하다 보니, 옆을 돌아보고 뒤를 돌아볼 겨를이 없었죠. 오히려 감정을 정돈하고 최소화하려고 노력했어요. 쓸모없는 감정소비는 해가 된다면서요. 물론 부정적인 감정은 그다지 도움될 것이 없습니다.

하지만 시간이 지나고 알게 되었습니다. 당장 주어진

낭비된 감정 210 X 297mm

Kimjixeon 2023

애정 210 X 297mm

일을 완벽하게 하는 것보다도, 일 잘한다는 평을 듣는 것보다도 중요한 것이 나를 둘러싼 사소한 것들 하나하나에 먼저 애정을 쏟는 것이라는 것을요.

사람을 사랑하기 위해서 어떤 노력을 했었는지를 문득 떠올려 보았습니다. 그리고 쉽게 그만두었던 일과 끝내 놓지 못하고 계속 연을 이어가는 것들을 떠올려봅니다.

계속 나와 인연이 되는 건 아마도 내가 사랑하는 것들이더군요. 때로 내가 잘하는 것이라도 내가 더이상 사랑하지 않으면 하지 않는 것이 되곤 했습니다.

사랑을 하게 되면 신비한 능력이 생기는 것 같습니다. 평소에 보지 못했던 것을 보게 되고, 새로운 의미를 찾게 되고 그 속에서 행복이라는 것도 알게 되니까요.

사는데 바빠서 그런 여유 따위 보살필 겨를이 없다고 생각하면서 흘려버린 시간들.

열심히 해야만 결과라는 것이 있는 줄 알았습니다. 정

정작 나의 진가는 내가 열심히 해서 나타나는 것이 아니라 내가 스스로 강한 애정을 가졌을 때 나오는 것이더군요.

사랑이란 남녀간의 애정만을 의미하는 것이 아닙니다. 작은 의미의 사랑이죠. 그저 스쳐지나가는 사람에게는 그에 맞는 작은 애정이 어울립니다. 작은 애정의 실천이 바로 배려와 예의가 아닐까 합니다.

무언가를 시작한다면 그저 성실하기만 해서도 안 되고 열심히하면 해서는 안 된다는 것을 알았습니다. 처음에는 그냥 한계인 줄 알았습니다.

그 바닥 깊은 곳에는 사랑과 애정이라는 것이 있어야 한다는 것을 알게 되었습니다.

그리고 그 사랑이 병들지 않고 건강한 상태라야 의미가 있다는 것을요. 사랑이 병들면 집착이 되죠.

열정을 쏟기 전에 먼저 하나하나 사랑하려는 습관을

집착 210 X 297mm

들이고자 합니다. 끝내 마음이 가지 않는 것은 저절로 떠나보내게 됩니다.

나는 분명 공들이고 애정을 쏟았지만 내 손가락 사이로 다 빠져나가는 것들에 관해서는 그것을 원망하지 말고, 혹시 내가 품었던 사랑이 집착은 아니었는지 떠올려봅니다.

썩어가는 과일의 곰팡이에도 색조가 있습니다. 혹시 그 색조가 아름답다고 착각했던 것이 아닌지 뒤돌아봅니다.

나와 만났던 사람은 앞으로도 다 잘 되었으면 좋겠습니다. 타인의 성공은 타인의 노력에서 기인하는 것일테지요. 그래도 나의 애정이 진실하다면 분명 좋은 영향을 줄 거라고 생각합니다.

당신이 나를 만나서 잘 되었으면 좋겠습니다.

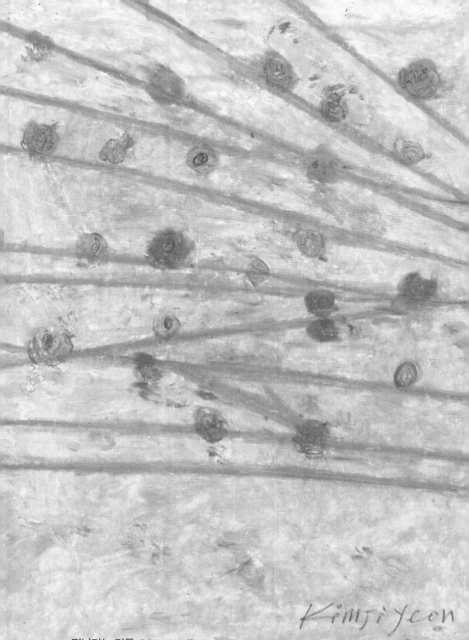

떠나가는 것들 210 X 297mm

시선 210 X 297mm

당신 편이에요

함께 있으면서도 사람을 사랑하는데 실패하면, 그 사람이 가진 것에 주목합니다. 그 사람은 별 의미가 없고 그 사람이 가진 것이 어느 정도 되느냐에 따라 그 사람의 가치를 결정하는 우를 범하기도 합니다.

사랑에 계속 실패하면, 그 매너리즘으로 인해서 사람을 살피기 전에 먼저 그 사람이 가진 것부터 보는 실수를 범하기도 합니다.

사랑이 있을 수가 없게 되면 부질없는 욕심만 남게 되는 것입니다.

사랑은 나 자신을 행복하게 하고 내 사랑을 받는 사람도 행복하게 합니다.

사랑이라는 것이 괴로움을 일으키고 누군가 나의 애정으로 인해 속박 받는다면 그건 뭔가 잘못되었기 때문입니다.

사랑인 척 관심인 척 하는 감정들이 있습니다. 결국 내 마음대로 내 편한 대로 생각하는 것은 결국 이기심에 지나지 않습니다.

그래서 누군가에게 좋은 일이 생기면 같이 기뻐하다가도 한편으로는 조금 아니꼽고, 누군가에게 불행한 일이 생기면 동정하다가도 한편으로 고소하다는 생각을 조금 할 수도 있습니다. 이 사소한 불필요한 감정의 힘은 대단합니다.

Kimjiyea
2023

사랑의 의미 210 X 297mm

마음이 변하지 않는 사람 210 X 297mm

감정은 크로마토그래피처럼, 프리즘처럼 분화할 수 있는 것이니까요.

그러나 불필요한 감정을 통제하는 노력은 필요합니다. 내가 불필요한 감정을 가졌다는 것은 금방 들키게 되고, 불필요한 감정이 커지면 좋을 게 하나도 없어집니다.

결국 진짜 내 마음이 무엇이었나 혼동까지 옵니다.

누구나 항상 올바를 수 없습니다. 잘못 생각할 수 있고 실수할 수 있습니다. 시간이 흐르면서 생각의 변화가 일어나기도 합니다. 신념이라는 것도 훗날에는 어리석은 믿음이 되기도 하니까요.

사랑이란 그 사람의 편이 되어주는 거죠. 때에 따라 등 돌리고 때에 따라 두둔해주는 것이 아닌 언제 어느 때라도 그 사람이 편이 되어주는 것이요.

내 편이 아니라고 생각되는 사람에게 마음을 열고 대하기란 쉽지 않습니다. 그 사람의 편이 되어줄 수 없으면서 그 사람의 곁에서 얼쩡거리는 것도 민폐입니다. 적대적인 마음을 가진 채로 누군가의 가족이 되려고 하거나 친구, 동료가 되려고 하는 것은 피곤한 일입니다.

그 사람의 편이 되어주는 것이 무조건 두둔하라는 것은 아닙니다. 애정 있는 충고와 애정 없는 충고는 다릅니다. 내가 생각하는 바를 명확히 전달하되, 감정적으로는 당신의 편이라는 믿음이 필요합니다.

내가 그 사람의 편이 되어 주면 그 사람은 든든함을 느끼고 나를 의지하면서도 스스로 살아갈 용기를 가질 수 있게 됩니다.

사랑하는 사람과 계속
좋은 관계를 유지하는 방법

누구나에게 고민이 있습니다. 말 못할 자신만의 깊은 심연. 혼자만 가지고 있가에 버거워서 때로는 내려놓고 싶어서 내 속을 타인에게 터놓고 싶기도 합니다.

하지만 알고 있습니다. 내 속마음은 함부로 터놓는 것이 아니라고요, 무조건 내 편이 되어 주는 사람은 드물죠. 나의 속마음은 타인의 잣대에로 평가될 수도 있어요.

가까운 사람, 나에게 호의적인 사람이라고 해서 내가 가지고 싶은 어둠과 심연을 노출해서는 안 됩니다. 나를 이해해주고 보듬어주고 나를 진정으로 생각해주길 바라는 마음이 생기고 그것을 애정이라고 생각할 수도 있지만 그건 타인에게 엄청난 부담을 주는 것이 됩니다.

그래서 좋아하는 사람, 언제나 함께 하고 싶은 사람에게는 꼬장을 부리는 것이 아니라 그 사람이 나를 계속해서 좋아할 수 있도록 내가 노력해야 하는 것입니다.

때로 내가 감추고 있던 나의 어둠을 보여주는 것을 나를 오픈하는 것으로 착각할 수 있는데, 사실 아무리 사랑하는 사람이라고 해도 나의 솔직함은 사랑을 깊게 하는 것이 아니라 정떨어지게 하는 것이 될 수 있습니다.

모든 사람에게는 많은 면이 있습니다. 타인은 내가 보여주는 면만 보게 되어 있습니다. 내가 보여주지 않는 것은 거의 볼 수가 없습니다.

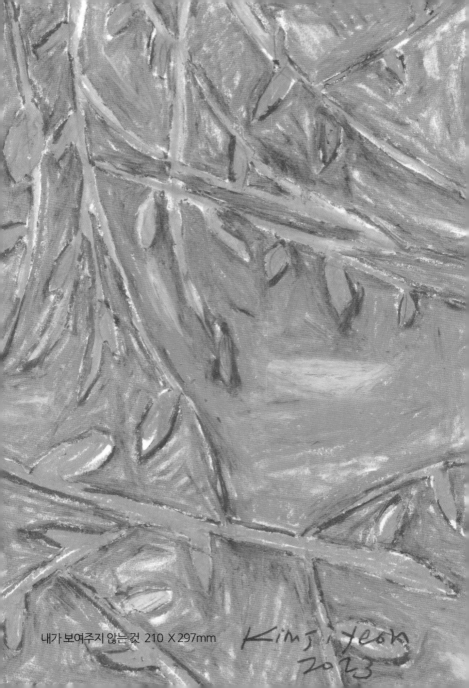

내가 보여주지 않는 것 210 X 297mm

Kim Jiyeon
2023

나의 눈물을 이해할 수 있는 사람의 나 외에는 사실 아무도 없습니다. 나는 위로받고 싶고 내 마음을 누가 알아주면 좋겠지만, 타인이 타인의 마음을 알아주는 게 생각보다 쉽지 않아요. 오히려 마음을 변하게 만들기 쉬워요.

소중한 사람일수록 나의 좋은 면만 보여줘야 합니다. 항상 웃는 얼굴, 이해하는 모습, 다정한 모습, 친절한 태도. 쉬운 것 같아도 이것을 유지하는 것이 쉽지 않습니다. 경제적 이득을 취하는 손님에게 이러한 태도를 취하는 건 쉬워요 사랑하는 사람에게 쭉 유지하는 것이 어렵습니다.

사랑을 계속 간직하고 싶다면 내 멋대로 설치는 욕망을 통제할 수 있어야 합니다.

그러한 나 스스로에 대한 통제가 그 사람을 행복하게 만들고 나에 대해 품고 있는 감정이 더 깊어질 수 있습니다. 그 사람의 마음이 변하지 않을 수 있습니다.

욕망의 통제 210 X 297mm

내 마음 속의 깊은 어둠은 그냥 나 혼자만의 것입니다. 함부로 나와서 모든 것을 망치지 않도록 마음 속 깊이 두고 봉인해둘 것에 지나지 않습니다.

마음이 변하지 않는 사람은 없기 때문입니다.

완벽한 사람은 없다

누구도 완벽할 수는 없습니다. 모든 사람은 자세히 보면 다 단점이 있습니다. 다만 타인이 그 단점을 어떻게 보느냐에 달려 있습니다.

내가 어떤 점에서 마음에 안 들어요?
나의 단점이 무엇인가요?

타인에게 묻는다면, 그 사람이 자신이 생각하는 나의 단점을 너절하게 말한다면 사실 별로 중요한 것은 아닙니다. 남에게는 까탈스럽고 자기 자신에게는 관대한 사람은 남의 단점에 관래서 말하길 좋아하니까요.

남의 똥에서는 냄새가 나고 내 똥에서는 냄새가 안 난다는 사람과는 사실 친구도 이웃으로도 지낼 수가 없어요. 일찌감치 헤어져야 하는데 아직도 이냥 저냥 맴돌고 있는 것뿐이죠.

그저 혼자서만 잘해보려고 하는 건 어렵습니다. 이건 일이나 공부가 아닙니다.

누구나 사람을 평가할 때는 편집을 할 수 있어요. 작은 장점도 크게 부각시킬 수 있고 큰 단점도 작게 묻어버릴 수 있죠.

나의 단점을 얼마나 잘 봐주느냐는 아마도 그 사람이 나에게 품고 있는 감정에 열쇠가 있어요. 나에게 호의가

마음이 있는 자리 210 X 297mm

Kimjiyeon
2023

단점 210 X 297mm

있고 그 사람이 나와 잘 지내고 싶은 마음이 있으면 그 사람은 나를 보는 시선부터 바꾸게 되어 있어요.

타인이 지적하는 나의 단점을 애써 고치려고 하지 않아도 좋습니다.

물론 다른 사람의 말도 들어보면 좋죠. 그런데 한두마디 흘려듣듯 하면 됩니다. 경청할 필요는 없습니다. 사람은 자기 단점을 스스로 고치기가 참 어렵습니다. 내가 누군가에 의해서 달라지기가 어렵거든요. 나에게 매정한 사람은 나의 단점뿐만 아니라 나의 장점까지도 비하할 수 있어요, 이쯤되면 나의 단점은 아마도 사람 보는 눈이 없는 것이 되겠네요.

단점도 크고 작은 것이 있어요. 혹시 스스로 치명적인 단점이 있다면, 그 부분 한해서는 누군가와 인간관계를 맺기보다는 스스로를 고립시키는 방법도 있습니다. 혹은 그 단점을 메꿀 만큼 나의 장점을 키우는 방법도 있습니다.

결국 내가 내 단점을 고치기 보다 나의 이런 점을 받아주고 나를 호의적으로 대하는 사람의 곁으로 가는 것이 더 쉽습니다. 사람의 기질은 잘 고쳐집니다. 스스로 노력해서 되는 경우도 있을 수 있으나 상당히 어렵습니다.

누구도 완벽할 수 없습니다. 자세히 보면 다 흠이 있습니다. 이미지메이킹을 잘하는 사람에게는 깜빡 속기도 하고 내가 모르던 그 사람의 반전에 깜짝 놀라기도 합니다. 흠이 많은 사람이 자기 자신에게는 관대하고 남에게는 까다롭습니다. 타인의 흠으로 자신의 흠을 감춘다고 하나 할까요.

다만 누굴 좋아하고 사랑하면 그 단점이 포용이 되는 것입니다. 좋아하는 사람의 단점은 웃어넘길 수 있고 이해할 수 있고 같이 감춰주고 싶은 것이 될 수 있어요.

아무리 오래 만난 사람도 그 사람에 대해서 다 알 수는

좋아하는 마음 210 X 297mm

없어요. 사람에게는 정말 많은 면이 있거든요. 겉으로 보이는 게 다가 아닙니다. 겨우 그 사람에 대해서 안다는 게 부정적이라면 그건 어쩌면 보는 사람의 시선이 잘못 되었을 수도 있습니다.보지 않는 것은 보이지 않습니다. 내가 못 본 것 속에서는 내가 알지 못하는 것이 많이 있으니까요.

사람을 대할 때 감정이 아닌 쓸모의 대상으로만 대하면 무척 공허해집니다. 감정에도 부정적인 감정은 모든 사람의 시간을 낭비하게 합니다.

호의적인 감정이 있다면, 내가 보지 못하는 것이 있다고 해도 모두가 행복해질 수 있어요.

돈돈돈, 돈이 중요한 것 같아도 어차피 사람과 사람 사이에는 감정만 남게 됩니다.

그는 내게 어떤 사람이었나.

내가 얼마나 좋아했었나

얼마나 즐거운 시간을 보냈나

그 사람의 웃는 얼굴이 어떤 모습이었더라

그 사람이 떠나고 난 빈 자리는 어땠더라

내가 얼마나 그 사람을 사랑했었더라

함께 식사하던 곳

함께 걷던 길에서

혼자 남아서 추억 속으로 사라진 사람을 생각하는 것.

마음이 있는 자리 210 X 297mm

Kimjiyeon
2023

마음이 있는 자리

힘들어도 걱정해주는 이가 있다면

괜찮다고 말할 수 있어요

괜찮다고 말하면 정말로 괜찮아져서

다시 힘을 낼 수 있어요.

사람과 사람 사이에서 대화는 정말 중요하죠. 같은 내용이라도 어떻게 말을 하느냐에 따라 그 영향력을 실로 달라집니다.

사실 말보다 중요한 것은 마음입니다. 내가 좋아하는 사람이라면, 말하기 전에 먼저 생각해보고 상대방의 반응이 어떨지 예상해봅니다. 아무렇게나 말하지 않아요.

친구나 가까운 사람이 고민을 말한다면, 해결책은 굳이 제시하지 않아도 됩니다. 그냥 들어주고 공감해주는 것. 그것으로도 충분합니다. 타인에게 이래라, 저래라 말할 필요가 없습니다. 왜냐하면 사실 그 사람은 자기 문제에 대한 답을 거의 다 알고 있어요. 그런데 그것에 접근하기 위한 방법의 벽이 너무 높아서 고민하는 것이거든요.

그냥 네가 잘 되었으면 좋겠다.
이렇게 생각하면 되는 겁니다.

그림을 어찌 그릴까 이리 생각하고 저리 생각하고 어떻게 화면 채울까 양감은, 원근감은 어쩌고 저쩌고 생각하다가 결국 그림 못 그리죠. 눈에 보이는 것을 다 그리려면 정작 내가 진짜 그리고 싶은 걸 잊게 됩니다. 그게 뭐였더라 생각조차 하지 못하고 결국 그릴 수 없게 되기도 합니다.

　그냥 간단히 내가 그릴 선만 긋는 겁니다. 어떻게 끝낼지 몰라서 이리저리 덧칠하며 계속 손을 대보기도 합니다. 그러나 채색할수록 어두워지는 그림. 선을 더 넣을수록 시커매지는 소묘. 완벽해지기 위해서 뚫어져라 관찰하고 형태 잡고 양감 잡고 채색하고 가장 밝은 부분과 어두운 부분을 정한다. 중간색 구현을 잘해야 색감이 풍부해지지. 질감을 살려야지. 연필로 그릴 수 없는 것은 없다. 눈으로 보는 촉감이 중요해. 강박이 된 규칙 때문에 정작 내가 그리고 싶은 것, 내가 표현하고 싶은 것들이 규칙에 다 묻혀 버리기도 합니다. 무의식이라는 것은 그리다가도 불쑥 나오는 것인데요. 모든 사물은 빛을 받으면 그림자가 생깁니다. 실존하는 사물의 작디 작은 그림자들을 찾다가 그만 내 마음 속에 숨겨진 무의식을 놓쳐서 생략하게 됩니다. 그림을 그리면서 더욱 머릿속이 텅 비어지고 그것을 마음의 평화다, 안정이다 착각하기도 합니다. 잘 그린 것 같은 그림 속에 과연 내 마음이 들어 있나, 스르르 회의감이 몰려오기도 합니다.

완성도는 상대적인 것입니다. 다음에 할 말이 생각이 안 나서 했던 말을 또 하고 또 하는 것은 큰 의미가 없죠. 그림 속에서 내가 하고 싶은 말이 끝났다면, 이제 마무리하면 되죠.

그림을 그리고 나면, 최종적으로 이 그림에 내가 담고 싶음 마음이 있나 바라봅니다. 깔끔한 선, 채색, 구도같은 건 생각하지 말고 얼마나 멋지게 그렸나를 생각하지 않고 마음이 있는지 없는지 그걸 찾아봅니다. 솔직하게 표현한 나의 마음이 보는 사람마다 다르게 전달되는 것도

Kimjiyeon
2023

마음 210 X297mm

그림의 매력입니다. 깔끔하고 능숙한 선만으로는 화려한 색감만으로는 마음을 다 표현하기 어렵다는 것을 알게 되었어요. 마음을 표현하려면 서툰 선과 즉흥적인 묘사가 있어야만 표현이 가능하다는 것을 알게 되었습니다. 하나의 그림에는 한가지 감정만 실어도, 보는 사람에게는 수만가지 감정으로분화할 수 있어요.

대인관계에서도 너무 많은 걸 담을 필요가 없어요. 생각해서 해주는 말도 충고라고 생각하면 아니꼽게 들릴 수 있어요. 한 마디 말에 작은 실수가 있다고 해도 그것은 사소할 뿐입니다. 그러니 그냥 나는 너를 생각한다, 그리고 네 편이다 라는 것만 알게 해주면 되는 거죠.

우리 사이에는 마음이란 게 있어.

너는 타인이지만 너는 내게 소중한 사람이야.

가끔 말이 안 통해서 힘들 때도 있고

그것 때문에 갈등이 생기기도 하지만 말이야.

사실 그게 뭐가 중요한 지도 모르겠다.

시간 지나면 네 소식이 궁금하고

네 모습이 보고싶다.

어느 날 네가 뜸해지며

나에게서 멀어져 가면 나는 슬퍼.

홀로 담담히 또 나는 이겨내겠지만

그래도 나는 너를 생각하면서 아파할 거야.

마음이 있으면 다 있는 거야.

따돌림 따위 없애버립시다

　학창 시절부터 성인이 된 이후까지 인간관계를 따라다
니는 따돌림. 성인들끼리 사내에서 일어나는 따돌림을
보고 있자면 학창 시절부터 능숙하게 경험해온 내공마저
느껴집니다.

　따돌림이 옳지 않은 것인 줄 알면서도 흔하게 있는 일
이라 나도 모르게 익숙해지고, 나만 왕따 아니면 된다는
생각으로 방관하기 일쑤인데요.

KimJiYem 2023

방관 210 X 297mm

따돌림이라는 문화는 반드시 없어져야 합니다. 내가 왕따가 아니라고 해서 내가 물들지 않는 것이 아닙니다. 왕따를 주도하는 사람, 왕따를 당하는 사람이 존재하죠. 내가 그 어디에도 속하지 않는다고 해도 따돌림하는 환경 속에서는 나도 영향을 받을 수밖에 없습니다.

따똘림을 당하는 사람의 심정을 어떨까요? 사실 따돌림을 당하는 처지가 되면 그 상황에서 벗어나는 것이 가장 좋아요. 물론 따돌림을 당한 것이 결코 창피한 것이 아닙니다. 쓸모없는 시간을 낭비하지 않기 위한 방법일 뿐입니다. 가능하다면 전학, 이사, 이직 등의 방법이 있겠죠. 굳이 안 맞는 사람들과 함께 할 필요는 없습니다.

따똘림을 주도하는 인물은 앞서서 그러한 경험이 많은 사람일 수 있어요. 따돌림을 할 때 느끼는 욕망이 주는 희열감에 중독이 되면, 그것도 멈출 수 없죠. 타인이 얼마나 고통 받고 힘들어하는지는 개의치 않아요. 이런 과정애

따돌림 210 X 297mm

Kimjiyeon
2023

서 집단의 결속력은 사실상 약화됩니다. 어느 한 사람을 적으로 만들면 나머지 사람들이 뭉치는 것 같지만, 옳지 않은 방법이기 때문에 서로를 진짜로 신뢰할 수는 없게 됩니다.

힘있는 사람을 따돌릴까요?

아니죠. 힘 없고 만만한 사람을 따돌립니다. 따돌림이라는 것이 비열한 속성을 가지고 있거든요. 사람이란 언제 어디서 또 어떻게 엮일지 모르는데 근시안적인 행동이죠.

따돌림을 당한 사람이 건강한 방법으로 잘 이겨낸다면, 고통을 잘 극복한다면 좋겠지만 그렇지 못한 경우도 많습니다.

자기 마음 속의 트라우마 때문에 힘들어하면서 타인의 감정에는 무심할 수 있어요. 하지만 타인의 마음을 헤아리면서 내 깊은 마음도 치유할 수 있는 것입니다.

트라우마 210 X 297mm

Kimjiyeon 2023

가스라이팅

어떤 특정한 감정에 너무 몰입하는 것은 좋지 않습니다. 그러면 정신이 약해질 수 있으니까요.

신뢰를 잃었을 때 무척 힘들기 때문에 신뢰하는 것을 선호하기도 합니다. 하지만 신뢰가 때로는 더 무서울 수도 있습니다.

진짜 믿을 만한 사람을 신뢰하기는 어려운 반면, 속이는 사람을 믿는 것이 쉽습니다. 내가 듣고 싶은 말만 들어서는 나는 점점 나약해질 뿐입니다.

내가 믿고 따르고 신뢰하는 사람에게 가스라이팅 당하기가 쉽습니다. 물론 언젠가는 깨달을 수도 있지만 그 순간에는 철썩 같이 믿고 따르게 되죠.

나를 좋아하는 사람을 이용하는 건 가장 비열한 행동입니다.

쎈 척하고 살아도 누구나 마음 속에 약한 부분이 있습니다. 스스로에게 지칠 때는 든든한 누군가에게 기대고 싶고 의지하고 싶을 것입니다.

허나 누구도 내 마음의 주인이 될 수 없습니다. 내가 내 마음을 갖고 있기가 버거워서 나도 모르게 남에게 내 마음을 주게 되면, 그 사람은 원래 자기 것이 아니기 때문에 소중히 여기지 않을 수 있습니다.

앞으로 어디로 가야 할까.

어떻게 해야 할까.

많은 고민 속에서 살아갑니다. 그럴 때는 차라리 누군가가 나서서 시원하게 알려주면 그냥 아무 생각없이 시키는 대로 따르면 좋겠다는 생각이 들기도 합니다.

내 마음의 약한 부분이 자극을 받을 때는, 가만히 그것을 진정시키고 차갑게 생각해봐야 합니다.

이기심이 있어야 가스라이팅도 당합니다. 이기심이 없다면 반대 방향으로도 생각해보고 나를 벗어나서 타인의 눈으로도 바라볼 수 있어요. 일이 어그러지면 핑계를 댈 사람이 필요하기 때문에 결과를 타인의 탓으로 돌리고 싶은 겁니다. 모든 일의 결과를 내가 책임진다고 생각하면 타인이 뭔 소리를 하든 들을 말 안 들을 말이 구분이 됩니다. 내가 편하자고 타인에게 많이 의지하면, 그 사람도 그냥 한 사람의 사람일 뿐인데 부담이 됩니다. 사람은 자기 기준대로 자기 자신을 위한 말을 하지, 상대방을 위해서 말하기가 어렵습니다. 남을 진정으로 위하고 그 사

가스라이팅 210 X 297mm

Kimjiyeon
2023

내 마음의 주인 210 X 297mm

Kimjiyeon 2023

람을 위한 충실한 조언을 해주기 바란다면 그건 진짜 대단한 애정이 있어야 가능할지도 모르겠네요.

때로 타인의 말을 따르다가 크게 후회하여 그를 원망하기도 하는데, 모든 선택은 스스로 한 것이며 그에 때한 결과도 자신의 몫입니다.

극단적으로 한가지로 몰아서 생각하지 말고 항상 양분해서 바라보는 것이 중요합니다. 좋은 점과 나쁜 점을 구분해서 생각해야 합니다.

받아들이는 사람에 따라 좋은 충고나 조언도 가스라이팅이 될 수도 있습니다. 타인이 흘리는 의도 없는 작은 말도 누군가에게는 가스라이팅이 될 수 있어요.

내가 내 마음의 주인이 되어야 합니다. 남이 나의 어려운 점을 해결해주길 바라면 안 됩니다. 내 문제는 내가 해결해야 하는 것입니다.

그러니 그냥 스스로 알아서 객관적으로 생각하려는 노

력이 가장 필요합니다. 그리고 먼저 의지하려는 마음을 버려야 합니다. 그냥 혼자 편하자고 아무나 신뢰하는 습관도 버려야 합니다. 타인의 말을 쫓다가 결과가 좋으면 훌륭한 판단이고, 결과가 나쁘면 가스라이팅이 되니까요.

험담

저는 이상적인 인간관계를 험담을 기준으로 생각합니다. 나와 친했던 사람이라도, 나 몰래 내 험담을 하는 사람이라면 나와 끝까지 가지 못할 사람이라고 생각해요. 왜 내 험담을 했냐고 묻도 싶지만, 사실 답을 얻을 수 없는 질문이라는 것을 알아요. 어쩔 수 없죠. 그냥 넘어가되, 어느 순간 놔버려요.

사람이 정말 소중하게 생각하면 누가 험담을 해도 감

싸주게 되어 있어요. 좋아하는 사람이라면 뒤돌아서서 마음이 아프고 그 사람이 아니면 안 될 것 같고 그런 마음이 들거든요.

좀 섭섭하긴 해도, 모든 사람들이 서로에게 신뢰와 호의를 가질 수는 없습니다.

상대방에 대한 내 마음을 확인할 수 있는 방법이 되기도 합니다. 갑자기 누구 뒷담화를 하고 싶어지면, 나 역시도 그 사람에 대해 얄팍한 감정을 가지고 있는 것이나 다름없죠. 그저 그것밖에 안 되면서 그 사람 인생에서 영향력을 끼치려고 하면 안 되죠. 또한 다른 사람이 뒷담화를 시작하면 그게 흥미진진해도 똑같아요. 기분이 나빠야 하는데 오히려 희열감이 있다면 쓸데없는 인간관계를 하면서 시간 낭비하고 있는 겁니다.

나는 친하다고 생각했는데 그 사람이 내 험담을 하고 다녔다면 뒤도 돌아볼 거 없어요. 그냥 조용히 정리해요.

오해가 있다면 풀어도 좋겠지만 그건 어쩔 수 없이 봐야 할 때나 그렇죠. 좋아하는 사람 얼굴만 보고 살면 참 좋겠지만, 현실적으로는 어려우니 그냥 대충대충 본듯 안 본듯 큰 의미 없이 아는 듯 모르는 듯 그냥 넘기는 거죠.

진솔한 정신적인 교류 없이 남의 삶에 간섭하려는 것은 오버액션인데요. 사실 그런 사람은 자기 자신을 아끼는 방법에도 그와 유사할 수 있습니다.

평생 한 사람만 사랑하기에도 피곤하고 한결같지 않은 마음입니다.

내 사람이다, 내 사람이 아니다의 기준은 '험담'입니다.

그냥 어쩌다 아는 사이가 되었을 뿐, 타인과 나 사이에 좁힐 수 없는 거리입니다.

험담 210 X 297mm

사랑하는 사람과 사랑했던 사람

　사랑으로 맺어진 귀한 인연이 그 마음 변치 않고 영원
토록 함께 했으면 좋을 텐데 그렇지 않은 경우가 더 많죠.
그 사람의 마음이 흔들리기도 하고, 내 마음이 흔들리기
도 하고 왜 내가 이 사람을 선택했나 후회가 되기도 하고,
예전같이 않은 그 사람의 태도를 보면서 홀로 서운함에
빠지기도 하고요.
　사랑했던 그 사람과의 관계가 끝날 때 미움이 남는 건

아주 당연한 수순 같아요. 한때 사랑했었지만 이제는 타인이 되어 떠나가는 그 사람. 내 마음을 아프게 하고 나를 저버리고 등돌려버린 그 사람.

마음이 아프지 않으면 그게 더 이상하다고, 괴로울수록 미움도 커져가곤 합니다.

내게 소중했던 만큼 내 삶의 일부분이 되었던 사람이기에 그 사람을 잃고 나서의 허무함과 고통은 피할 수 없는 것이죠.

그런데 사람이란 소유할 수 없는 거예요. 내가 관심과 애정을 쏟는다고 해도 그 사람의 선택은 온전히 그 사람의 몫이에요.

그래서 내 마음을 표현하기 보다 상대방의 눈치를 더 살펴보곤 하죠. 그 사람도 나와 같은 마음일까.

누군가를 사랑하게 되었다면 그 사람을 위해 주고 아껴줍니다. 그 사람에게 억눌러졌던 나의 감정을 퍼붓거

사랑하는 사람 210 X 297mm

Kinjiyeon
2023

사랑했던 사람 210 X 297mm

나 나를 온전히 이해해주고 바라봐주기를 바라지 않을 거예요. 그건 그 사람에게 너무 부담이 되고요.

나도 감춰서 잘 모르는 내 본모습을 보여주기 보다는 그 사람이 나를 편하게 생각하도록 나는 그 사람에게 잘 보이려고 노력할 거예요. 설령 그것이 가면일지라도요.

내가 노력하고 사랑을 쏟았음에도 그 사람이 등을 돌린다면 원망하거나 분노하지 않고 놓아줄 겁니다. 나를 떠나고 싶다는 그 사람의 마음을 존중해주고, 편하게 놓아줄 거예요. 그 사람을 원래 자리를 돌려놓는다고 생각할 거예요.

사랑했던 사람이 마음이 변해서 나를 떠나간다고 미워할 필요는 없습니다. 내가 그 사람을 위해서 했던 노력이 많다면 어쩌면 홀가분할 지도 모르겠어요.

사람은 사랑이라는 명목하에 내 마음대로 소유할 수 없어요. 그러니 그 이상의 불필요한 감정들로 스스로를

사랑의 감정 210 X 297mm

괴롭히지 않아도 좋아요. 관계가 끝났는데 감정이 남을 필요는 없죠.

간다고 하면 보내주세요. 떠난다고 했을 때 의아했다면 그건 그동안 그사람의 마음을 그만큼 헤아리지 못했다는 것일 테구요. 곧 갈 줄 알았다 싶었다면 이미 오래전부터 마음을 가다듬었을 겁니다.

잘 가라고 행복을 빌어주는 거예요. 그동안 쓴 시간이나 돈은 생각하지 마세요. 그냥 추억이라고 생각하세요. 그 사람이 없어도 어차피 시간도 쓰고 돈도 썼을 겁니다. 그래도 함께 해줘서 즐거웠고 심심하지 않았다고 생각하는 겁니다.

물론 다시 돌아오는 건 안 돼요. 내가 한 사랑이 제대로 된 사랑이었다면, 그 사람은 훗날 깨닫겠죠. 어디애도 나만한 사람은 없다는 것을요. 하지만 다시 만난다는 건 없습니다. 한번 떠났다면 그뿐입니다. 상황에 따라 언제든

등져버릴 수 없는 사람과는 절대로 평생을 함께 할 수 없습니다.

다시 손잡지 않을 용기, 그것이 그 사람을 위한 마지막 선물입니다.

그리고 사랑은 끝나도 끝까지 사랑으로 남아야 스스로 병들지 않을 수 있어요.

Kimjiyeon 2023

마지막 용기 210 X 297mm

부서진 마음에는 물이 고일 수 없다 210 X 297mm

욕심을 버리면 행복이 보인다

 살아가면서 부질없는 것을 꼽자면 아마도 욕심이라고 할 수 있을 거예요. 욕심 부려봤자 나도 그렇고 다른 사람도 그렇고 피곤해지기만 할 뿐이라고 생각해도, 욕심이란 누구나의 마음 속에서 샘솟는 것이기도 합니다. 겉으로는 안 그런 척 해도 속으로는 욕심이라는 게 있을 수밖에 없죠.

 욕심을 애써 숨기고 살아도 누군가에게 들키면 그 사

람은 나를 좋게만 보지는 않을 거예요. 어쩌면 실망하고 등을 돌릴 지도 모르죠. 욕심이란 분명 존재하는 것이지만 애써 감춰야 하는 것인가 봅니다. 그럼에도 욕심쟁이들은 욕심이 많다는 것으로 스스로 똑똑하다고 착각하기도 합니다.

어쩌다 한번 욕심이라는 것을 채우면, 그 채워지는 순간이 그렇게 쏠쏠하게 재미있을 수 없습니다. 결과를 떠나서 욕심의 만족감을 채우는 순간의 짜릿한 기쁨이라는 것이 있죠. 내리막길을 걸으면서 오르막길 보다 편안하다고 착각하면서 그대로 나락으로 가고 있다는 걸 모르면서요.

노력해서 얻는 것과 욕심을 부려서 얻는 것에는 큰 차이가 있어요. 노력해서 얻은 것은 배반하지 않습니다. 지금 당장은 아니라도 어떤 경로는 반드시 좋은 결과라는 것을 가져다 줍니다. 또한 쉽게 내려놓을 수도 없죠. 하지

욕심 210 X 297mm

거짓말 210 X 297mm

만 욕심을 부려서 얻은 것들은 알고 보면 불필요한 것이고, 나에게 어울리지 않는 것이며, 잃은 것이나 마찬가지일 때가 있죠. 욕심을 부려 얻은 것은 갖자 마자 진짜 인연이 아닌 듯 하여 쉽게 버리기도 합니다.

타인에게 소중한 무언가가 나에게는 간절하지 않을 수 있어요. 내가 아주 간절하게 여기는 것은 욕심이 될 수 없어요. 그건 열정이죠. 나에게 별 필요도 없는 건데, 큰 의미도 없는 것일 뿐인데. 누군가에게는 아주 귀중하고 전부일 수도 있죠. 나에게 그저 사소한 것일 뿐인데, 그냥 타인에게는 귀하디귀한 무언가가 탐이 난다면 그건 바로 욕심 때문이에요.

그래서 욕심을 부리는 사람은 계속 거짓말을 하게 됩니다. 욕심을 부리는 순간 사실상 사고는 고장이 나게 됩니다. 손에 쥐는 순간 허무해지는 그것을 얻기 위하여 끊임없이 스스로를 속입니다. 원인과 결과를 제대로 잇지 못하고 결국 스스로에게는 관대하고 남탓만을 하게 되기도 하죠.

내가 가진 이 마음이 욕심인지 열정인지 잘 모를 때는 나의 이러한 마음으로 인해 누군가가 상처받거나 고통받지 않을지 생각해보세요. 욕심을 부리면 나보다 먼저 고통받게 되는 누군가가 있을 겁니다. 나의 욕심으로 인해 언젠가 나도 고통받게 되는 순간이 옵니다.

욕심은 다른 사람부터 힘들게 하기 때문에 지금 당장 결과를 보여주지 않아서 훗날 그에 따른 나비효과가 얼마나 큰지 가늠하지 못합니다. 혹시 내가 알 수 없는 이유로 고통받고 있자면 그건 아마도 누군가의 욕심이 작용하고 있기 때문일 수도 있어요. 누군가와 오래전에 헤어져야 하는데 아직도 미루고 있기 때문이기도 할 테지요.

열정과 선한 마음은 모두를 편안하게 합니다.

안 되는 일에 굳이 미련을 두고 기웃거릴 필요가 없습

Kimsiyeon
2013

열정 210 X 297mm

니다. 그것을 얻고자 거짓말을 할 필요도 없고 스스로를 속일 필요도 없습니다.

욕심이란 것은 소원이나 소망처럼 이루어지는 것이 아니에요. 그저 지치게 할 뿐입니다. 욕심을 내려놓으면 또 새로운 길이 보입니다. 내가 진정 원하는 것, 나에게 어울리는 것, 그리고 내가 사랑하는 사람의 행복한 모습까지도.

그림 〈열정〉에는 포도에 생고기 텍스쳐를 표현해보았습니다. 식물에 죽은 동물의 신선한 육신을 대입하여 인간의 욕망을 표현하고자 하였답니다.

용서는 없다

살면서 크게 상처받는 일이 있습니다. 특히나 믿었던 사람, 가까웠던 사람의 배신과 욕망은 고통이 큽니다. 하지만 그런 일도 어쩌다 한번 가끔 있는 일이지요.

시간이 지나면 나아지고 좋아지고 잊혀지기도 합니다. 일정한 주기로 상처를 받지 않으려면, 내 자신이 특정한 패턴을 만들지 않도록 해야 합니다.

그 패턴은 바로 같은 실수를 반복하는 현상입니다.

평온한 어느 날에도 가장 힘들고 어려웠을 때를 떠올

싫은 사람 210 X 297mm

KiMJiYeo
2023

려봅니다. 그리고 내게 상처주었던 사람들도 떠올려봅니다. 그 사람의 냉정함과 이기심까지 생생하게 떠올려봅니다. 이제는 다시 볼일 없는 사람들.

싫은 사람을 더이상 보지 않는 것도 행복의 일종입니다. 지금에 와서 그 사람들을 다시 마주친다면 어떻게 할까요? 나는 몰랐던 사람처럼 그저 조용히 스쳐지나갈 것입니다. 원망도 비난도 하지 않을 겁니다. 저는 다 잘 이겨냈으니까요.

그럼 나는 그들을 용서한 걸까요? 아니요. 용서하지 않았어요. 그냥 덮어두고 지나가는 겁니다.

그들은 내가 상처받았다는 것을 알면서도 사과하는 일은 없을 겁니다. 물론 그때 조금 미안했다고 생각은 할 수 있겠죠. 그들도 가끔 나를 생각할 것입니다. 사과를 한다고 해서 달라지는 것도 없습니다.

시간이 흐르며 알게 되었습니다. 굳이 내가 나서지 않

아도 혼날 사람은 다 혼나고 벌 받을 사람을 결국 다 벌 받는다고요. 바로 그 사람이 스스로 만들어내는 패턴에 의해서요.

나를 힘들게 했던 사람들을 하나 둘 떠올리며 나는 내가 예전에 경험했던 고통을 되새겨보곤 합니다. 그걸 이겨내면서 내가 했던 노력도 떠올려봅니다. 내가 만났던 건 어쩌면 사람이 아니라 인간의 깊은 어둠이었을 겁니다. 어둠을 잘 제어했다면 멋진 시간을 보낼 수 있고 서로에게 훌륭한 인연이 되었을 텐데요.

용서는 쉽게 하는 것이 아닙니다. 왜냐하면 사람의 마음 속에 있는 깊은 어둠이란 그렇게 쉽게 없어지는 것이 아니기 때문입니다. 그 어둠이 아무리 깊고 진하다고 해도 공감할 마음은 조금도 없습니다.

시간이 흘렀다고 달라지지 않습니다. 가장 힘들었던 나날은 잊지 않습니다. 그래서 사람의 마음 속에 나타난

KimJiYeon
2023

시간의 흐름 210 X 297mm

달콤한 어리석음 210 X 297mm

악마를 보면 당황하지도 않습니다. 왜냐하면 본 적이 있으니까요.

나의 행복과 나를 힘들게 했던 사람의 불행 중 하나를 선택할 수 있다면, 단연 나의 행복을 선택합니다.

미움보다는 사랑을 선택할 것이며, 복잡한 욕망은 이해하지 않을 것입니다. 인간의 깊은 고뇌를 담은 욕망이라고 해도 나는 차라리 유치하도록 순수한 사랑을 선택할 것입니다.

매일 아침 눈을 뜨면, 가장 힘들고 어려웠던 시간들, 다시 떠올리기 싫은 순간들을 잊지 않고 떠올려보곤 합니다. 혼자만의 편리한 생각으로 안일하게 안주했던 지난날을 생생히 기억합니다. 타인의 마음 속에 있는 깊은 어둠이 내 삶을 적시지 못하도록 할 것입니다.

달콤한 어리석음, 진정한 감사함이란 무엇인지 다시 한번 생각해봅니다. 그것은 햇볕이 환하게 떨어지는 아름다운 풍경과 같습니다.

Kimjiyeou
2023

진실 210 ✕ 297mm

마음이 편안하면 인생이 불편해지고
마음이 불편하면 인생이 조금 편해지더라.
애써 내 마음만 편하자고 대충대충
생각해버리는 것을 멈췄다.
진실이란 언제나
아무도 알려주지 않는 것에 있으니까.

기대하지 않아요

성급하고 조급해서는 아무것도 얻을 수 없어요. 모든 일의 성과는 기약없는 기다림 뒤에나 오는 것이더군요. 기다리다 지치면 제풀에 그만두곤 하는데, 그러면 중도 하차가 되어버리고 말지요. 물론 아니다 싶은 길에 우연히 들었다면 방향을 틀어여겠지요.

인연이란 그런 것이더군요. 나는 그냥 피하고 싶고 이 길을 가고 싶지 않았는데, 어쩌다 보니 돌고 돌아서 다시

Kimjiyeon
2023

인연 210 X 297mm

KimJiyeon
2023

기다림 210 X 297mm

만나게 되는 것. 다른 길로 가면 막히고 어떻게든 다시 돌아서도 오게 되는 것이요. 인생의 발걸음은 언제나 인연을 행해 걸어가게 되어 있더래구요.

기다리는 게 힘들면 그냥 아무것도 기다리지 않는 방법도 있어요. 기다리지 않고 그냥 가던 길 멈추지 않고 쭉 가다 보면 뜻하지 않게 목적지까지 와 있을 때가 있어요.

어떤 결과가 날 것이라고 미래를 단정짓지 않아요. 아무리 노력해도 내가 기대했던 것은 이루어질 수도 있고 그렇지 않을 수도 있으니까요.

비록 훗날 내가 원하던 바를 이루지 못했다고 해도 그 과정에서 내가 얻은 것들을 생각해보며 아무것도 하지 않았던 때보다 가치있는 시간을 보냈다고 스스로를 다독일 겁니다. 기회비용 같은 건 생각 안 해요.

어느 날 문득 돌아보니 정말 긴 시간들이 훌쩍 가버렸더군요. 어찌 이렇게 시간이 빨리 가나 싶었어요. 순식간

에 모든 것이 지나갈 수 있었던 것은 아마도 내가 기다리
지 않았기 때문이에요. 뭔가를 간절히 기다렸자면 시간
이 안 가고 정말 길게 느껴졌을 겁니다.

  기대하지 않는 습관을 가지게 되니, 순간순간의 행복
에 집중하게 되었어요. 기대 따위는 접고 그냥 내가 좋아
허 하는 것이다, 생각하면 즐거워져요. 지금 이 순간, 내
가 원하는 것을 하고 행복한 시간을 보내는 것이 중요하
다고 깨달았지요. 결과에 크게 연연하지 않게 되었습니
다. 어느 날 문득 원하는 것을 얻어도 별로 놀랄 것도 아
니더라구요.

  뜻하지 않고 목표를 성취해도, 그것이 큰 의미를 두지
않고 그냥 가던 길 계속 가고 싶어요. 매 순간 행복했고
즐거웠으니까요. 늘 그래왔던 것처럼 이 마을 그대로 쭉
나아가고 싶어요.

  이제는 쭉 가는 게 익숙해졌어요. 앞으로 더 원하는 것
을 이루지 못한다고 해도 그냥 가고 싶어졌어요.

Kimjiyeon
2023

인생 210 X 297mm

현재에 충실하면
지나간 것에 관해서
후회하지 않을 수 있어요
순수한 마음으로
처음부터 끝까지 갈 수 있다면
사실 그 마음은
모든 이에게 전해진답니다

스트레스

살아가면서 스트레스 받는 일은 참 많습니다. 스스로 스트레스를 받고 있다는 것을 알고 있으면서도 방치하기 쉬운 것 같습니다.

어느 정도 선의 스트레스를 가지고 있을 수도 있습니다. 하지만 비우지 않은 채로 계속해서 스트레스를 받기만 하면 어느 날 참을 수 있는 무기력함과 회의감에 빠질 수 있어요.

스트레스를 받고 있으면서도 괜찮다고 느낄 때도 있습니다. 나도 모르게 방치해버린 스트레스는 그 처음과 끝이 어디인지도 불분명할 만큼 밑도 끝도 없는 것이 되어버리기도 합니다. 그러니 지금 스트레스가 있든 없든 간에 스트레스를 비우고하는 노력을 하는 것이 좋습니다.

스트레스를 태우고

스트레스를 날리고

스트레스를 던지는 일.

소소한 스트레스부터 큰 스트레스까지 그것을 풀어내는데 부정적인 방법을 사용하면 안 됩니다. 나보다 약한 존재를 괴롭힌다던지, 살짝살짝 못된 짓을 한다던지의 방법으로 약간의 쾌감을 느끼고 스트레스가 일순 없어졌다는 착각을 해서는 안 됩니다. 또한 비난이나 험담을 하면서 일시적으로 얻게되는 즐거움도 일종의 착각입니다.

스트레스를 없애는 것은 즐거움입니다. 즐거움을 이끌

스트헤스 210 X 297mm

Kimjiyeon 2023   홀가분 210 X 297mm

어내는 방법이 긍정적이고 생산적이라면 좋습니다.

스트레스를 푸는 긍정적인 방법으로는 내가 좋아하는 일, 내가 즐거움을 느낄 수 있게 하는 일이 될 것입니다.

그래서 진짜 내가 좋아하는 것이 무엇인지 찾는 것만으로도 긴 시간이 걸리곤 합니다. 하지만 스스로에게 솔직해진다면 그 시간을 단축할 수도 있습니다.

나도 모르게 내 속에 고여버린 스트레스가 있다면 꼭 비워야 합니다.

적당량은 스트레스를 가지고 사는 건 어쩌면 스트레스와 공존하는 방법이 될 수도 있을 듯합니다. 적당한 긴장감은 유의미하게 작용하기도 하지만, 스트레스를 방치하지 말고 태우고 날리고 던져야 하는 노력도 의식적으로 해야 합니다. 매일 걷기 운동을 하고 스트레칭을 하듯이요.

같이 산다는 것

　매일 보고 함께 삶을 살아가는 반려자가 갖춰야 할 가장 큰 조건이란 무엇일까요? 그 조건이라는 것은 상대방이 갖춰야 할 것이 아니라 나 자신이 갖춰야 하는 것입니다.

　바로 그 사람이 아주 많이 깊이 사랑하는 것이요. 여기서 사랑이란 단순히 남녀간의 연애를 뜻하는 의미가 아닙니다.

인간관계가 어렵다면 사실 그건 내 탓이기 보다는 사람을 잘못 만나서 그런 거구요. 인간관계가 수월하다면 그것도 내 덕이기 때문이 아니라 사람을 잘 만났기 때문이기도 해요. 사람을 잘 못 만나서 힘든데 그걸 내 탓으로 돌리니 답이 없는 것이지요.

자주 보는 사람, 늘 함께 해야 하는 사람이라면 그 사람에 대한 신뢰와 사랑이 꼭 필요합니다. 가장 핵심적인 요소인데, 그걸 무시하고 외적인 조건을 보기만 한다면 역시나 어려움이 닥쳤을 때 해결하는 능력이 떨어지게 됩니다.

혈연으로 이어진 가족, 결혼을 통해 이어진 가족 모두가 사랑이나 신뢰가 없으니 서로를 행복에 이르게 하지 못합니다. 또한 내가 원치 않아도 만나게 되는 친구나 동료도 신뢰와 상호간의 기본적인 애정이 없이는 좋은 관계를 유지하기가 어렵습니다. 만나면 그때뿐이고 전학이

나 퇴사 등의 이슈가 있으면 이후 다시 안 보게 되는 것도 그 안에 진실한 감정의 연결고리가 없기 때문입니다.

내가 선택하지 않아도 그냥 주어지는 인간관계가 참 많습니다. 학교에서 반을 정할 수 없고 회사는 선택해도 사무실에서 만나는 사람을 내가 선택할 수는 없습니다. 내가 능동적으로 선택할 수 있는 인간관계는 극히 제한적입니다. 혼자가 싫어서 함께 하려는 의지는 있지만, 진실로 상대방에 대한 신뢰와 애정을 확보하려는 노력은 상대적으로 적습니다.

매일 보는 사람, 함께 삶을 영위하는 사람에게는 신뢰와 애정이라는 큰 틀이 필요합니다. 저절로 만들어지는 것이 아니기에 신뢰와 애정을 갖기 위한 노력이 필요합니다.

살아가면서 참 많은 난관이 있습니다. 아무리 미리 준비하고 대비해도 모자람이 있을 수 밖에 없습니다. 그 문

Kinjiyeon
2023

매일 보는 사람 210 X 297mm

제 해결의 길잡이는 바로 애정과 신뢰입니다. 문제가 생기면 가장 근본적인 정신적인 틀인 애정과 신뢰를 유리처럼 깨버리곤 하는데 섣부른 생각입니다.

사람이 사람을 선택하고 함께 삶을 영위하는데 있어 가장 필요한 것은 사랑입니다.

사랑이 없으면 잘 될 때만 어슬렁거리고 사랑이 있으면 잘 안 될 때 가장 먼저 달려와줍니다. 그리고 사랑이 있으면 내가 잘 되었을 때 가장 그 사람 곁에 가고 싶고 내가 힘들 때 잠시 떠나있고 싶어집니다. 즉, 단순히 혼자이고 싶어서 누굴 곁애 두려고 하지 않는 것이지요.

사랑은 노력으로 만들어집니다. 햇볕을 너무 받아서 웃자라는 사랑은 타인을 구속하는 집착이 되지만, 진실한 노력으로 만들어진 사랑은 언제나 순수합니다.

나쁜 사람에게 끌리는 이유

어떤 사람을 선택하느냐는 매우 중요합니다. 선택해서 만날 수 없는 사람이 있고 선택해서 만날 수 있는 사람이 있습니다. 선택이 가능하다면 최선의 선택을 하는 것이 좋겠지요. 하지만 인간관계는 혼자만의 노력으로는 사실 싱 불가능하기에 누군가가 내 마음을 알아주고 받아주는 것만으로 흔치않은 기회라는 것을 실감하게 됩니다.

사람을 잘 만나면 인생이 쉬워지고 사람을 못 만나면 인생이 어려워집니다. 안 맞는 사람과 함께 하면 불화가

끊이지 않고 서로 좋은 영향을 줄 수도 없습니다.

그러면 나에게 맞는 사람, 나와 잘 어울리는 사람을 찾아내는 것이 중요합니다. 하지만 그것 조차도 쉽지 않습니다.

착하고 친절하고 다정하지만 결정적으로 끌리는 매력이 없을 때가 있습니다. 그런 반면 불친절하고 걸리는 게 많고 거슬리지만 왠지 모르게 끌리는 사람이 있습니다.

사람에게 가장 중요한 것은 매력입니다. 타인에게 나를 어필할 수 있는 가장 핵심적 요소입니다. 좋은 외적 요소를 가지고 있어도 결정적으로 매력이 없으면 사람의 마음을 얻기가 어렵습니다.

매력이 선택에서 크게 좌우하기 때문에 선택에서 실수하는 것입니다.

누군가를 곁에 두고 그 사람과 상호 작용을 할 때 내 마음속에서 움직이는 감정이 사랑인지 욕망인지 생각해봐

매력 210 X 297mm

Kimjiyeon
2023

야 합니다. 따뜻한 관심과 배려, 순수한 마음인지 혹은 구속과 참견, 집착과 괴로움인지 말입니다.

누구나 행복을 꿈꾸고 행복을 갈망하면서도 늘 사랑과 욕망의 굴레에서 방황합니다. 모두가 욕망 대신 사랑을 선택하는 것이 아닙니다. 그러한 내적 작용 때문에 바로 그 사람에게서 풍기는 매력에 판단력을 흐려지는 것입니다. 욕망의 굴레에서 느꼈던 격정을 타인과의 관계에서 메인 테마로 인식할 수도 있습니다.

타인을 대할 때 그 사람을 옥죄고 간섭하고 집착하면서 그것을 관심이고 사랑이라고 착각할 때가 있습니다. 사랑과 욕망을 구분짓는 간단한 설명은 바로 의식과 무의식입니다. 의식은 사랑이며 욕망은 무의식에 가깝습니다. 누구나 의식과 무의식을 가지고 있으며 또한 스스로 콘트롤하기 어려운 부분이 있습니다. 인간의 무의식은 마음대로 움직이지 못하는 불수의근 같은 것이니까요.

무의식에 근접하고 그에 자극받는 매력에 경도되면 타

인과의 관계에서 자신의 욕망을 실현하려고 합니다. 사실상 무의식의 표출입니다.

그래서 소위 나쁜 사람에게 매력을 느끼고 끌리는 것입니다. 마음 속 깊은 무의식이 화산처럼 내 안에서 솟아나와 솟구치는 것이지요.

가령 사랑하는 사람들끼리 함께 즐거운 사랑을 하는 것을 사랑의 격정이라고 생각하지 못하고, 그 사람을 잃고 난 뒤에 느끼는 강렬한 슬픔이나 배신감을 사랑이라고 여길 수 있습니다. 스스로나 상대방을 파괴하고 싶을 만큼 감정의 강도가 높아질 수록 그것이 진짜라고 착각하기 쉽습니다.

인간의 무의식은 그 자체로 조절할 수 있는 것이 아니지만 의식으로 통제할 수 있는 것입니다.

마음 속의 욕망에 의해서 나쁜 사람에게 먼저 끌리는 것입니다. 욕망이 이끄는 대로가 아닌 사랑을 한다면 처름부터 선택을 달리 할 수 있습니다.

다 잘될 거예요

초판 1쇄 발행 | 2023년 3월 10일

글 · 그림 | 김지연
펴낸이 | 김지연
펴낸곳 | 생각의빛

주 소 | 경기도 파주시 한빛로 70 515-501

출판등록 | 2018년 8월 6일 제 406-2018-000094호

ISBN | 979-11-6814-025-7 (03810)

원고 투고 | sangkac@nate.com

* 값 14,500원

* 생각의빛은 삶의 감동을 이끌어내는 진솔한 책을 발간
하고 있습니다. 참신한 원고가 준비되셨다면 망설이지 마
시고 연락주세요.